小 说 家 的 诗

林建法／主编

林 白／著

过 程

辽宁人民出版社

©林白　2016

图书在版编目（CIP）数据

过程 / 林白著 . 一沈阳 : 辽宁人民出版社 , 2017.6
（小说家的诗 / 林建法主编）
ISBN 978-7-205-08812-5

Ⅰ . ①过… Ⅱ . ①林… Ⅲ . ①诗集－中国－当代
Ⅳ . ① I227

中国版本图书馆 CIP 数据核字（2016）第 302404 号

出版发行：辽宁人民出版社
　　　　地址：沈阳市和平区十一纬路 25 号　邮编：110003
　　　　电话：024-23284321（邮　购）　024-23284324（发行部）
　　　　传真：024-23284191（发行部）　024-23284304（办公室）
　　　　http://www.lnpph.com.cn
印　　　刷：沈阳市精华印刷有限公司
幅面尺寸：140mm×230mm
印　　张：14
字　　数：124 千字
出版时间：2017 年 6 月第 1 版
印刷时间：2017 年 6 月第 1 次印刷
责任编辑：时祥选
装帧设计：丁末末
责任校对：吴艳杰
书　　号：ISBN 978-7-205-08812-5

定　　价：48.00 元

第
一
辑
↓

北京（2014—2016）

第二辑 ↓

武汉〔2004—2014〕

第 一 辑

北 京

（ 2 0 1 4 — 2 0 1 6 ）

从 深 渊 爬 上

终于又看见西山了

从雨雾的深渊中它爬上来

头顶五层云

灰的一层，白的一层

黄的、金的、黑的各一层

在黄昏，也像你的暮年

蹚过泥淖的焦躁

终于爬上水的峰顶

那深渊灌注了 42 个昆明湖

三天三夜连续不停

五层云都是安静的

最多像经幡飘动

望见月亮的时候它已经变得很小

你全然看不见它升起的过程

2016 年 7 月 25 日作，傍晚

北京连续几日大雨后第一次出太阳

在厨房望见西山

8 月 21 日改

晚　餐　后

我要在晚年重新开始写诗

三十年前她曾这样说

说说而已

并不在意

暮年杯盘狼藉

当年的西红柿炒鸡蛋

早已各奔东西

它们互相厌弃已多年

暮年在一场大雨之后来到

万物转世

蒸汽上升

在夏天，血液自动加温

一些词神采奕奕

另外一些

蠢蠢欲动

她看不清一首诗的生长

却看见了

对面窗玻璃上的一个人

她暮年已至

又重新穿起了花长裙

裙子上的棕榈叶

哗哗作响

小暑，时温 34 度

2016 年 7 月 7 日星期四，多云

瘢　痕

每年春夏之交它就开始发痒

光滑的腰间隆起道道山梁

它在身体的右边

秘密的毒血常常翻越到左边

粗厚的陶罐收纳了黑色的血

拔火罐之前银针刺在瘢痕上

现在它已经隆起在腰间

不可能再退回地平线

它是皮肤生成，却比皮肤坚硬

它的内部布满了病毒

却抵制了所有药品

开始时它持续发亮

现在越来越晦暗

——它的边缘发黑了

身体发热的时候它通红

它的通红裹在衣服里

四肢发凉的时候它也冰凉

它的冰凉隔着一层布

我每天都会看见它

这些成行的凸点

它隆起得太高了——

不愿低头，永世密集

既然已经活到了这个世纪

亲爱的

我随时准备撩起上衣

露出锈迹斑斑的自己

2014 年 5 月底 6 月初，带状疱疹住院

2016 年 7 月 27 日写成

中伏第一天，时温 35 度，热指数 41 度

8 月 8 日定稿

昨 夜 切 生 姜，
兼 致 北 京

昨夜我切生姜

生姜一直是生的

切成片是

切成丝同样是

微黄的生

土腥气的生

水分连续叫唤

纤维说断就断

我用盐腌，一勺又一勺

送进玻璃瓶的时候使劲压

不能有丝毫缝隙

再泡以八年的老陈醋

然后

瓶盖

拧紧再拧紧

经过一夜

不，同时也是二十六年

它变成赭黄

吸纳了岁月的酸

辣退到深处

如果拌上蜂蜜或者红糖

味道基本齐全

附记：自 1990 年到北京，至今已 26 年

2016 年 7 月 6 日，时温 34 度

全 身 麻 醉

之前的准备都不算

据说我在手术室待了一个小时

但我认为只有三分半钟

三分钟用来等待

半分钟用来回答电脑的问题

然后听见一个声音说：

开始吧

沉入黑暗，仅仅用了一秒钟

在不存在的一小时里

细细的管镜伸进我的腹腔

切除了一个纽扣状的凸点

——谁知道是不是真的

那一个小时形状可疑

也许是一个针尖

事先从手背刺入静脉

也许是一片乌有之海

浇灌了白花花的时间

它停在太阳上面

那只圆形的多头灯

一切在醒来的时候消失

或者在醒来时再度拥有

腹腔一阵痉挛

虚无传来笑声般的回音

2016 年 7 月 30 日，气温 32 度，空气湿度 84%，闷热

人 工 流 产

013

那把巨大的勺子是在天上挂着的

它不是北斗七星

那寒冷的利刃

在瞄准之后垂直落下

一只鹰隼扇动它合金的翅膀

停在手术台上方

它以酒精的酷烈

穿越血液、骨头和肌肉

她体内的性，或者叫爱情

那颗肉乎乎的樱桃

曾经天使般降临

现在它被一通猛啄

那时候没有麻醉

只有火山

以及刀法精妙的熔浆滚滚

以及永无尽头的猩红灰烬

肿胀的花朵

破碎的瓶

月亮如沥青般

渐渐涂黑

2016 年 7 月 31 日，空气湿度 79%

蓝 天 白 云 ，
掉 牙 一 颗

它终于掉下来了

在牙床上它晃荡了许久

不能嚼东西

有时还让牙周发炎

我迟迟不肯去拔掉

任它气若游丝

奄奄一息

9 月 11 日

蓝天白云

我开始吃面包

第一口，第二口

我发现有一粒坚硬光滑的东西

裹在松软的面包里

在我的舌头上

在我的舌头上

它坚硬而光滑

带着自由的轻松

被我的舌尖顶了几下

蓝天白云

它掉下来了

瓜熟蒂落

水到渠成

我终于活到了老掉牙的年龄

比我的父亲活得久长

他死于 1961 年

时年 36 岁

2015 年 9 月 11 日作，2016 年 6 月改

把 她 们 的 名 字
排 列 在 一 起

把她们的名字排列在一起

依字母顺序——

A、B、C、D……S

阿赫玛托娃是 A

毕肖普是 B

茨威塔耶娃是 C

再加上半个 D

我只喜欢小部分的狄金森

然后是两个 S——

索德格朗和辛波斯卡

一个来自芬兰

一个来自波兰

为了我漫长无事的夏天

她们升起在吊兰之间

我熬制粥食

捣碎芡实、莲子和百合

在小小的石臼里

她们，发出哚哚的声音

两本来自九十年代

两本来自〇〇年代

最新的两本

昨天网上下单

今天快递送到

八十年代是手抄笔记

它们在锅里翻滚

2016 年 7 月 5 日

大　暴　雨

天亮之后天还是黑的

暴雨整夜未停

她出生以来最大一场雨——

橙色预警

大雨要把她的生日淹掉了

——至少淹到膝盖

单位需要上班

笼子等待一只小兽

妈妈怀她的时候梦见了狮子

在雨中她奔向牢笼

笼中的蛋糕闪闪发光

"母亲大人，您也无往不在牢笼中"

2016 年 7 月 20 日 北京大暴雨，橙色预警

写给孩子生日

波 拉 尼 奥

他等待肝移植

从 23 号排到 12 号

又从 12 号排到第 2 号

"他努力整理自己的灵魂

想要活着"

在他登陆的岸边

我碰到《荒野侦探》和《2666》

记得是 2012 年冬天

北京四环

我不喜欢那本《美洲纳粹文学》

真后悔买了它

但我喜欢他的不节制

泥沙俱下

他越过智利的大河

一个游荡者

一个诗人

他对世界粗暴的抒情

在棺材上闪光

2016 年 7 月 24 日，闷热

气温 33 度，体感温度 42 度

得　赠　书

大雨连降三日

从银河系、从星辰、从高空

梦中听见

远处瀑布奔腾

雨停的时候有敲门声

精装的星辰手牵着手

它们来自上海，身披波涛

2016 年 7 月 21 日，得陈垦赠书，喜而作

二 环 边 的 青 春 期

亲爱的白果

当然你也叫银杏

我第一次看见你在六月的枝条上

我以为你天生就是白色的

成熟的白，米一样的颜色

而且出现在十月而不是在六月

一条巨大的青鱼产出了它的卵

绿色的鱼卵密密麻麻

栖息在东二环不息的车流旁

我发一条微博

分享我的诧异

网友说，到秋天它就变白了

现在当然是青的

如果砸开它，它臭得要命

夜间，未被预报的冰雹猛烈落下

满地青果

和冰雹一起混在泥里

仿佛难兄难弟

二环边的青春期同样如此

要么紧紧裹住呛鼻的气味

要么噗噗坠落

成为一种化不掉的冰雹

2016 年 7 月 10 日星期日，

蓝色高温预警，38 度，有霾

观 剧 随 记

女主演不理想

两个桥段可赞——

伊本举着灯，灯一放下，全场就黑了

地上一道道光泛起。

丝丝缕缕条条道道

欲望

细而亮……

黑暗中，微光里，缝隙间来来去去

摸索、犹豫

弹开又靠近……

再就是杀婴——

一只摇篮自空中降下，

她一推

摇篮摇荡，

它等待命运从左边到右边

又从右边到左边

命悬一线的时刻如此短暂

钟声响起

空中降下巨幅白布，

她一阵猛扯，死亡瀑流般泻下

白布堆覆摇篮，白而皱

如石如花亦如坟

一圈红光猛扑摇篮

灯全黑，灯再亮，地上一堆白布

2016 年 7 月 13 日，中午，37 摄氏度

烈日下暴走半小时，到家写毕，未开空调

和 朋 友 去 北 流 南 部

往南部走

六靖

白马

天堂山

宰牛剁肉劈柴

一个地坪全摆满

露天大铁灶，自带烟囱和灶架

烧木柴，黑烟兼白烟

女人切牛肉，女人洗青菜

女人猛烧火

女人掌大勺

牛肉、牛排，猪肉、狗肉……

鲜笋、豆腐、野韭菜

狗肉的做法有三种——

干烧、炖汤、炒腰花。调料要放黄皮叶

米酒有点苦

酒苦人不苦

李浩开始讲故事

弋舟当然是唱花儿——

掰一瓣太阳送给你怕你嫌烫

掰一瓣月亮送给你怕你嫌凉……

深山中看见一所石屋子

听说一名女隐士隐居于此

她来自远处都市

辞职，开荒、种菜，挑水、煮饭……

成仙之后她忽隐忽现

铁架上置易拉罐

罐里插着半截香

屋顶石棉瓦，墙脚青苔

木门外一道铁栅栏

女神仙去哪里了？

梁晓阳说，天堂山相当于终南山

下山的时候说起了试管婴儿

很多人怀不上

政策松动了，子宫生锈了

不过现在有了好办法

送子娘娘竖起广告牌

就等在山下路口——

做试管婴儿请到玉林市妇幼保健院

据张惠的测步软件

今天走了 14874 步

2016 年 7 月

两　种　写　作

——关　于　小　说　与　诗　歌

嗡的一声

一个句号发出沉闷的回响

终于解脱了

满身的绳索

拖拽了一年以上

一粒种子忽然生出羽翼

一个喉咙莫名开启

一个女人在炎夏中闪身

新的悬崖来到脚底

那些分行的句子

红瓦般叠起

一簇火焰，一道涟漪

一句又一句

最后一个字落下

不需要句号

叮的一声

身体腾空而起

铁树开花的瞬间

渐渐充满

随感：

写完一部小说，首先是解脱感，然后是空虚；

写完一首诗，首先是喜悦，然后渐渐充满。

作此诗记之。

2016 年 7 月 28 日　闷热

流　浪　汉

他占据树底下的长椅

正午的太阳也不能使他挪动

乱发破鞋旧衣

从春到夏

看上去

他是要坐穿牢底

如果不是太肮脏

也有点像一个革命者

但是今天他坐了起来

开始走动

他一边走一边吐口水

一口又一口

往左边吐

也往右边吐

他往前吐一口，伸长脖子

要让口水吐得更远

然后他转过背

朝相反方向也吐了一口

我也愿意把牢底坐穿

并且

在高兴的时候到处吐口水

2016 年 7 月 14 日

鲁 院 下 午

我们是一对

已经老去却不愿卸甲的

童男童女

在这个下午

在这个下午

我们坐在同一张讲台后

我靠近门口这边

你靠近窗户那边

因为要讨论离群索居

我们坐在了一起

如果你不来，

那我也不来

陌生的面孔犹如猛烈的雨滴

若没有遮拦

我很快就会全身湿透

狼狈不堪

当一个离群索居者

要过一个不离群索居的下午

她必须找到一个人

挡在她的近旁

就是这样

就是这样

你坐在靠窗那边

我坐在靠门这边

在鲁院的下午

在秋分这一天

2015 年 9 月 23 日星期三

路 过 新 保 利

北京今天 37 度，高温黄色预警

正午路过新保利

大堂里满满一堂人

有人席地而坐

有人自带折叠椅

高大上的新保利

我曾看见它南门走出布莱尔

卸任的英国前首相

两个随从，身穿黑衣

有天我看见一位红袍女士

她步态洒脱，红袍轻盈

身兼火焰与莲花

我认出她是张金铃

息影多年的明星

她穿过大堂忽然停下

转身与尾随者握手

巨大的玻璃是她未曾预料的银幕

是夜里，我在暗处，她在明处

正午我路过新保利

大堂里百余老人在静坐

忽然看见两张 A4 纸

"保利还我血汗钱"

听见有人说

不成就凑钱找个记者

另一个说

且慢，谈判需要时间

2016 年 7 月 11 日，37 度，高温黄色预警

美 发 师

美发师是个年轻人

但他染白了自己的头发

她从电视上知道

如今白发最时髦

他整条胳膊文成青黑色

上面盘了一条红色的龙

他的鞋面是金色的

手腕一串佛珠

T恤的胸口是圣母玛利亚

一个女人长发及臀

她要染发根，头发全白了

她还要跟他谈论漠河

"你不是东北人吗？"

哦，我老家离那很远

一个女人把短发接成长发

现在她又要拆掉

看样子她至少四十多岁（说不定五十）

他用一把雕刻刀在头发上动手术

——那是她不知如何才能追回的岁月

一名男子来理发

他衣着保守，却羡慕那条文青的胳臂

这多好看，要几千块吧？

也就一千多块，他低调答道

他用手机微信收钱

然后埋头吃盒饭

已经是下午两点多

里约奥运会开幕早已结束

2016 年 8 月 6 日

你 深 陷 在 五 月 里

040
↓
041

你深陷在五月里——

刚冒出来的棉花苗

正在收割的油菜

洪湖

一路细雨……

那些老湾乡的妇女们

她们如此健康

在小学校的二楼教室

一提问题

就嘎嘎笑个不停

恩施的梨花岭

年轻的修女

陌舍、橘树、唱歌的孩子……

有人爱上你怎么办?

越过一排竹椅

她问胡修女

现在已是六月,而且过了十二年,

你的面容深陷在五月里

让光线转暗吧

转暗再转暗

六月

我为你准备了漫天群星

棉花苗在群星中生长

结出洁白的棉桃

油菜在夜里收割完毕

粒粒坚硬

042
↓
043

它们已经转世——

变成金黄流淌的植物油

如同琥珀

2016 年 6 月

其　实

其实，当年我并没有不要你

母亲说

她站在连绵丘陵的尽头

已经八十三岁

过往的时间像绷带

牢牢绑住某一年

它早已松开，却仍然飘浮

成为腻在天花板上的油烟

那时我十一岁，你三十五

城镇疏散，全民备战

丁字镐挖出无尽泥土

齿痕累累，大河滔滔

044
↓
045

若我始终未能成熟

是我的童年没有耗尽

我留了一坨在抽屉深处

在我从未去过的防空洞里

在那里你再次结婚

你请很多人吃喜糖

而我没有

那时我在外县的乡下

没有上学

乡下小学的钟一直响

它是 1969 年的一块生铁

悬挂在无望的屋檐

每次见到你它就响一下

我需要紧紧捂住它

母亲，我早已不怨恨你

但我多么希望，此事从未发生

2016 年 8 月 10 日，时温 34 度，体感温度 41 度

气 息

气息——

那些深海的鱼苗

从高处到低处

又从低处到高处

小心地把它捂紧

在肚脐下三指

丹田处

它要逃跑，四处奔逸

上至头顶

下至踵

鸟群啾啾鸣叫

穿越血液、骨骼和皮肤

午夜

透过一只方形孔洞

漫天星辰

洋流般汹涌而来

清凉地垂挂

从胸腔到腹腔

相认之后它们

重新回到深海

越过丹田

到达脚底凹陷处

2016年6月26日，《独药师》读后。

时温38度，未开空调，煮绿豆粥

我羡慕那些三不主义者

我羡慕那些三不主义者

不写作

不出名

也不评职称

从现在开始怎么样

一切尚未晚

我看见窗台的吊兰

整整两年没有开花

它只长叶子

向下攀爬直至地面

墨绿的边缘米白

它来自

年复一年的坟地

往昔的花朵

2016 年 7 月 2 日，时温 34 度

心 情 不 好 的 一 天

昨夜做了一个梦

梦见喝了半杯饮料就变成了木偶

从早到晚

肠胃胀得难受

也许应该去做肠镜

把肠子里的坏东西看个清楚

除了要洗一堆毛衣

此外没有讨厌的事

换季了

外面阳光灿烂

昨天立夏

都说晒太阳能精神愉快

但你不愿出门

闷在屋心乱如麻

好吧，静坐

五蕴皆空诸相非相

我还会念咒语

吽——

像赶牛一样

直到明月初升

2016 年 5 月 7 日，星期六

一 份 牛 肉

牛肉就是牛肉

它非要变成诗

而且是

宋朝山水画那种

可这是多么好看

所谓美

就是这样了

蜂蜜变成黑色的

年轮

时虚时实

空白处可能是

虚度的岁月

还来得及

装点上最后的颜色

金黄色橘皮

绿色苋叶

紫色纹路丝丝缕缕

蘸一点黑蜂蜜

让沉入虚无的时间

暂时变甜

橘皮尚可经年

苋叶只堪一夜

在情意绵绵之后

在拍照留念之后

她郑重地

慢慢吃掉了它

2016 年 6 月 28 日星期二，雷雨，阴天

一　个　陌　生　人

我从外面回来时看见了警戒线

警察进出在黄白相间的绳带间

围观的人像看电视直播

"一个人跳楼了"

尸体没有盖上

我尽量扭头不看

它却站起来，不被察觉

肿胀着跟在我身后

为了证明并非如此

我站在八楼的过道看了一眼

胆汁猛然涌上喉咙，猝不及防

它的血跳起来打了我一下

就一下，我的喉咙被勒紧了

一头猛兽站在更高的楼顶

它瞄准了我，完蛋了，我发出一条呼喊

"赶紧到人多的地方去！"她告诫

次日听说那是一个陌生人

他冲进电梯

径自按了十楼的按扭（他根本不住这里）

然后，他就跳下去了

2016 年 8 月 5 日，补记

以 息 相 吹

——致 友 人

风吹到句子之间

越吹越近

同时越吹越辽远

风吹词语

然后我去买黄瓜

还有洗衣粉

这时候星星奔赴海洋

风吹到旷野和字的笔画之间

（给张新颖）

2016 年 7 月 2 日

这　时　候

那天北京有雾霾

但是能见度仍然有 4.0 公里

紫外线指数仍然有 10

虽然气温只有 33 度

体感温度却有 41 度

密集的空气，越烧越黏稠

如果找到一道缝隙

也许就能适应这盆糨糊

这时候她听到手机里竹子弯腰

"咔"的一声，极其低微——

她头顶有盆栽龟背竹

叶子许多漏孔

这时候，是的这时候

漏孔漏出风

携带松针和海浪

在雾霾的热里读一首长诗

这时候，

风吹开层层莲花

云驱赶骏马

一万棵松树在远处浩荡

而她头顶的漏孔涌进海水

收到张炜发来的长诗

2016年8月4日作，霾，闷热，

33度，体感温度41度

8月5日改

专 制 的 家 伙

立秋已过

风本来凉了，却又热起来

比之前更加热——

气温 35 度，体感温度 44 度

手机上这两个数字

是一种从虚到实的东西

它使热更热

使风噤声，使蝉叫唤

这样的时间应该扔出去

扔到工作和散步之外

扔到肉类和干饭之外

一日三餐，扔掉两餐

只剩下水，以及少量绿豆

把这样的天气扔出去

剩下的，扔进空调里

关起来——

关进呼呼轰响的过滤网

不通过细小的网孔

一切不准入内

这个专制的家伙

集中营如此庞大

高处的网和低处的网

无不奄奄一息

2016 年 8 月 11 日，35 度，体感温度 44 度

昨 夜 ，

我 梦 见 一 条 大 河

昨夜，我梦见一条大河

头顶波涛汹涌

我既在岸边

又在水底

沿着透明的树干攀爬

手脚并用

在水浪之上

我望见了沙街

沙街，沙街

在一片银灰色中你上升

天井、渗水的墙脚

老鼠、胎盘……

在床底点燃的火柴

墙上触电的铜片

直至少女时代的被害妄想——

确信外婆是藏匿的特务

在我的粥里下毒

我登上"机动一号"大木船

在丘陵之上

丘陵般起伏的东门口

和西门口

龙桥街和体育场

直到公园里巨大的鸡蛋花树

我看见自己在文化馆的石狮背上闪烁

下沉至三岁

那时我在此迷路

漫天面孔俯身向我

第一次

在人群的深渊中

丘陵是我热爱的地貌

它波浪般起伏连绵不断

而沙街消失在浪涛中

片瓦不存

连同它码头停泊的木船

岸上的木垛

以及……始于隋朝的街名

徐霞客"饭于沙街"的沙街

如今粒沙不存

我要赶在天亮之前

064
↓
065

辩认出流水中的沙街

然后沿着透明的树干

沉入树底

下沉至零岁

2016 年 6 月 30 日下午 4 点，时温 33 度，

室内凉爽，未开空调

请 摇 动 你
满 树 的 果 实

今天立秋

想到"夜光杯"也立秋了

请摇动你满树的果实

我的喜悦也在其中

在东三环第一次见到贺小钢

她是"夜光杯"的使者

从此我碎细的文字

穿梭在你四季的枝杈

请摇动你满树的果实

朋友们的脸庞也在其中

苦夏已经过去

夜光杯正在倾出它的凉爽

（贺"夜光杯"七十周年）

2016 年 8 月 7 日，立秋日，饭时，

于东四十条，沪江香满楼

有 的 人 死 了
没 什 么 可 惜 的
——王 榨 闲 聊 录

1

去年村里死了五个人，

第一个死的是一个老太太，

别的老太太死了没什么可惜的，

这个老太太死得有点可惜。

别的老太太没钱花，

成天干活，没钱玩麻将，

死了也就算了，

活着也挺磨人的。

这个老太太就不同，

她有钱——

成天打牌玩，输了也不急，

羽绒衣有三件，经常吃牛肉。

二儿子以前是书记、村长，

三儿子在银行的，

一个女儿，在信用社。

多好啊，她死了就可惜，

有福就不能享了，

两口子住六间屋，

死了就没人住了。

2

第二个死了也可惜，

年轻啊，男的，

也就四十一二岁，

"三月三，鬼上山"，

初三晚上，有人翻到一个深沟里，

他去帮忙，上来腰就不行了。

疼得打床，疼得要命，

家里棺材都弄好了。

两夫妻抱着哭，

儿子刚刚十岁。

他打的针，

可能是叫杜冷丁吧，

他打上瘾了，开始是医生打，

后来是他媳妇帮他打。

他都想好了，临死前让谁给剃头，

谁知那剃头的都死了，他还活着。

他后来又好了，

又拿着大棍子把媳妇打得死过去。

他忽然又不行了，

人矮一大截，坐椅子上，

缩得像小孩。

到了五月份，

就死了。

3

村里死的第三个，

是个女的，

她死了也没什么可惜的。

这个女的，五十多岁，

挺苦的，

男人肺病，她一人干活，

她在地里干活，男人蹲边上看着她，

她有本事，眼皮底下找了个相好。

她妹有心脏病

嫁了个瘌痢头。

妹妹死了，孩子不到一岁，

瘌痢头让她帮忙养孩子，

两人就好上了。

天知道她怎么看上那个瘌痢头，

定是喜欢那件事。

她居然不管儿子，

自己的男人死了，孩子一人扔家里，

只有十二岁。

婆婆一点都不喜欢她，

看见就骂，

她没结婚，是自己跑去的。

那个瘌痢头炸山给炸死了，

她就又回王榨了。

她床上躺了一个多月，

不知什么病，就死了。

办后事没有钱，

村里每人凑了二十元。

4

第四个死得很简单，

就是撑死的。

就是吃了两大碗包面（即馄饨），

玩了一会儿，

就说心里不舒服，

就回家了，

回家找医生打针，

针还没打完，人就死了。

他七十多岁，

还挺结实的呢，

打牛鞭的（即贩牛），

突然就死了，

平日屁病都没有。

5

第五个死的是一个老太太，

六十多岁，

她自己在山上林场住，

一个小屋。

在山上捡柴火卖钱，

春天采一点茶叶。

四个女儿，一个儿子，

一个都不在身边。

听说她也死了，

她死了也没什么可惜的。

据林白《妇女闲聊录》，2016年8月7日，

立秋

往　回　走

一　三号航站楼与盲肠

1

一个女人怀抱新买的电脑

她敲呀敲

要飞往版图的最南头

路途漫长她敲呀敲

她敲呀敲——

女性专用通道过安检

白色小方亭：十分钟测试身体

鲜果与干果，咖啡与茶点

烤鸭的后面是猴子

猴年的猴子排起队，在中信书店

杨澜《世界很大，幸亏有你》

刘晓庆《人生不怕从头再来》

白岩松《白说》

《中国为什么有前途》，作者不详

三号航站楼建于 2008 年

金属穹顶倒映真丝皮草

红色钢架织入漆器青铜汉白玉

它们的母亲是王府井

父亲是奥运会

2

从三层到二层再到一层

层层下沉

座位从上世纪的沉船卸下

人烟稀少

忽然人又多起来

总算到了

C57 号登机口——

各色人等，前屈后仰

人满座少

没个抓挠

需要在闷暗中找到一只打火机

（当然没有）

需要在简陋处呼唤一只矮凳

（当然也没有）

从大堂一路到此

仿佛从王府井

直接走到老少边穷

从心脏

直接走到——

盲肠

你当然要在阑尾类登机口登机

因为飞往老、少、边、穷

理所当然

广西北流县

也是祖国的盲肠

一个女人对着新买的电脑

她敲呀敲

隐藏的白发已全数越过封锁线

时间碾过她敲呀敲

二　南宁、北流

3

她降落在南宁机场

机场年轻明艳

自从东盟来开会

高标配置的金属河流淌在天上

大理石河面晶莹

钢铁大树菱形架顶

高大视屏，新华联播网——

滚动着南希·里根的玫瑰红

葬礼千人参加

一个女人，奢华高贵精致

保持白宫格调，推广美国时尚……

以及李世石

他赢了一局人工智能阿尔法狗

在输掉三盘之后，他终于赢了

谷歌胜利了，人类也胜利了

微信闪烁……

胜利的消息传遍全世界

在第一时间

4

来接车的是租赁公司

现在中央抓得紧

单位的车都封了

司机班解散了

一个司机分到资料室

夜夜失眠

一路凤凰棕榈木棉树……

一路红色黄色紫色花

很多花从前没有

是跋山涉水引进

那种姜黄颜色的花

开在无叶的光秃树上

据说它们来自遥远的埃及

5

南宁到北流，三小时大巴

高速公路

它挥霍掉山丘与农田

又省下——

火车的七小时

候车的斜坡与栅栏

同时省下方便面

省下茶叶蛋

省下一万次踮起脚尖眺望铁轨的双眼

好吧，北流到了

北流——从前的 B 镇

只有两个十字街口

县级的北流市

现在它把大饼摊上了天

北流

以沙石的颜色向天空竖起

一路炸裂、轰响

丘陵连绵……

6

北流的凤凰国际酒店

五星级

在昔日的炸药仓和监狱之间

它身披金属和玻璃

蓝色瓷砖游泳池

热带仙人掌……

它抖擞着闪光

它是小地方，所以言必称国际

它想从小地方变成大地方

所以它，言必称国际

不过它没有挂五星级的牌子

中央抓得紧

五星级不好报销了

它的价格其实没那么高

三百八十八元一晚

吉小吉说

这个五星级，是桂东南唯一

它不只高档，而且宽阔

走廊开过一辆大巴没问题

房间很大

超大露台有山景

山腰的别墅模仿了夏威夷

一个女人回到故乡

她敲呀敲

在昔日的炸药仓和监狱之间

她敲呀敲

三 六感

7

她往回走，走到四十一年前

她插队的地方叫六感

先到大队部

现在叫村民委员会

"你教过我们班的英语。"

一个中年汉子站在路边

四十一年前

ABCDE……二十六个字母

毛主席万岁

朗里服前曼茂……

大队部的房子已拆掉

办公室、医疗站、代销店

它们垂头闭嘴已多年

代销店，曾经有火水烟酒酱油盐

还有硬糖和饼干……

电脑在空气中

女人她敲呀敲

旧舞台的魂魄敲在四十一年前

绕过台口的灯盏她敲呀敲

8

她恍惚片刻，出门右转到学校

路边的厕所不见了

厨房重新成为禾田

后门以前是木门

现在上了锁，换成铁栅栏

一个老者来相认

苏老师，当年的搭档

开始时她教语文兼班主任，被捣蛋鬼整败了

升到初二，她改教数学

苏教语文兼班主任

他腰杆笔直，面容未变

灰白色的衬衣一直扣到最顶头

——叙旧也需要庄严

9

到达竹冲知青点

她对远道而来的李浩、弋舟说：

我亲手盖的这五间房

做泥砖——

山脚挖坑注水,黄泥搅稻草

用脚踩,放一只木板模框

烂泥铲进,踩踩踩踩踩

踩结实,倒脱板模

一只泥砖就做成了

不能不提她养过的猪

她胡乱取名字,胡乱喂猪食

后来她又深情写过它

为了虚荣和稿费

但它跳栏是事实

成为一名自由的猪是事实

作为一头猪,它有着诗人和壮士的双重灵魂

那都是事实

所谓事实，那就是——

一头猪，越过人类的针尖变成闪电

是啊这头黑猪名叫小刁

她亲眼看见它在夜色中狂飙

逃往天空一去永不见

10

屋后的荔枝和苦楝

它们在午后来回穿梭

房东老钟，走路摇晃、发型未变

惠清长胖了，是原来的三倍

当年她患有不育症，喜欢煎药

大翠和二翠，队长的一双女儿

大翠老了些，剪了短发

二翠变得漂亮，烫了发再扎上

在半截残墙上辨认

同时辨认墙内的菜地

亲爱的菜地

你见过我做贼偷菜的样子

她认出了队长的家

他家厨房，是冬天洗澡处

墙倒了，长满了青草

亲爱的青草

你的前世见过我的裸体

她绕进青草里

对李浩和弋舟说

对朱山坡说

这是我们冬天洗澡的地方

四人庄重合影

像地球人刚刚登陆月球

11

……粪水池外如故，但未看见五色花

1975 年的五色花

鲜艳而仓促

它们熟悉她的皮肤

她应该为竹冲的五色花写一首赞美诗

它们片甲无存、前途渺茫

1975 年

它们用尽了力气

燃尽了柴火

在红黄粉紫等五种颜色的尽头

她双脚的水泡终于结痂

女人在晚暮的电脑上敲呀敲

她敲呀敲

微光的乳房已暗哑

结茧的手指她敲呀敲

四　　城区

12

用损耗的视力她找到那条街

龙桥街 0018 号

防疫站

奄奄一息

它成为危房很多年

死气在灰尘中抬起头

它把垂暮的力气赠送给一只红色高跟鞋

没有脚的鞋灌满了风

它走在被遗弃的家具中

沙发和大床，柜子、椅子和玻璃……

一只白色的高跟女凉鞋

它瘫痪在沙发上

旁边一只蛇皮袋，还有半块砖

没有地震的震后现场

从未起飞的飞机失事之后

地上两块烧黑的砖块

在这里生火的是一名流浪汉

大兴街 177 号，俞家舍

她出生之后第一个住处

深呼吸

不动声色

她站在紧闭的大门口

回廊与天井

铁线上的尿布飘过半个多世纪

青苔四处飞溅

来自五十八年前

那时候父亲右倾

母婴二人，从左侧搬离俞家舍

一个女人抱着时间的电脑

她在青苔上敲呀敲

青苔滑腻潮湿

她的手指冰凉

13

太平房是旧医院的遗物

它居然还在

窗口晾着旧衣

墙边种了青菜

一面墙快倒了，一根树干支着

一只狗猛吠

旁边盖了一间米粉店

它的对面是妇幼保健院

隔着一条马路

死亡之后再次出生

出生之前

要经历四维彩超

出生的道路每天拥挤

北流超生严重

我的朋友谢夷珊

他一个人开了三家幼儿园

一家是自己的，有两家与人合伙

私人幼儿园，市区共有两百家

14

荔枝树正在开花

广场有人跳舞，

空地上挂了横幅，红底黄字——

......

树底下有个老妇在弹尤克里里，

一把极小的吉他

据说来自夏威夷

近年流行于北上广

她是卖烧酒的

胖而黑而老

她面前摆了塑料大桶

白色小口——它的前世大概是油桶

有米单、米双、桂林三花

两元、三元、四元、五元、六元一斤

三花要比米双贵

体育场从前无比辽阔

现在它小多了

柚加利树一棵不剩

跑道坑坑洼洼

草地上七八个大红伞

据说是茶座

青草覆盖了泥土

沙石水泥又覆盖了青草

批斗、审判、欢呼、运动……

历史灰烬种下几棵移植的棕榈

天主教堂成了发廊

主啊，一共三家之多

图书馆早已搬走

现在它移植了美食广场……

东门口，买豉油的杂货店

它肌肉生长

需要亮出体育用品

至于米粉店

它一往无前拍起了婚纱照

从前的盐仓空地曾放电影，

《铁道游击队》《地道战》……

去年盖了一个东门大酒店

门檐一排小灯笼，地上一排摩托车

河边的几棵木棉在开花

桥头有许多人往河里看

有一个妇娘（妇女）刚投河

两个小时过去了，人没捞上来

龙眼、枇杷、生榨粉

北流的诗人聚齐了

有人是做旅游的

有一个做电商，开了家淘宝店

还有一个，搞小额贷款

就是从前说的高利贷

他一边放高利贷，一边写诗

朱山坡则在厕所门口贴了一首里尔克

"主啊，是时候了"

晚上梁晓阳送来《北流县志》

1949 年 11 月 28 晚

四十三军一二九师三八五团解放北流

次日凌晨，

国民党民航客机一架，

因故障降落于隆盛圭江饭桶河段

机上五人生还

女人她敲呀敲

时而三岁时而十九岁

她敲呀敲，父亲的亡灵蓦然回首

母亲在阳台种下了东风菜

17

上午她去看大姨婆

姨婆生于 1917 年，一百岁

两耳全聋

家里摆一块黑板，交谈靠写字

三年前做了手术

眼睛白内障

她的百岁寿辰在四月底

下午看发小，前往百花桥

她的妈妈忆往事，1958 年

大炼钢铁

我们三个女同志：

我、你妈妈，还有晏本初

每人背着自己的婴儿去炼钢铁

那一年叫作"大跃进"

大炼钢铁，全城的树木砍光了

烧炭五万吨

城乡除四害

人民公社和集体食堂

还建成了大容山水电站

同年的大事还有胡耀邦视察

他从中央到北流

少年之家组织了红领巾

让他们荡起双桨

在温顺的北流河

在冬天

五　　关于北流河

18

北流河又叫圭江

县志说

圭江是北流县最大的河流

属珠江水系

源出平政上梯村石城猫

104
↓
105

较大支流十三条

河流高程 78 米

天然落差 192 米

圭江先由上梯南流

至岭峒向西北而流

至蟠龙向北流

至县城折向东北而流

入容县、藤县注入浔江

再入西江

北流河的主要支流有

六沙河沙峒河六麻河新丰河

香塘河陈智河

秧道河

民乐河大塘边河

六华河田冲河石玉河

民安河……

她在河水上敲

在失去的码头上敲

在码头上的木垛上敲

河里不可能再通过船队

船队不可能再运送瓷器与大米

她敲呀敲

敲呀敲

在河水上她敲呀敲

北流河一共有十三条支流

吉小吉说

太平洋也是其中之一

2016 年 3 月 28 日，于北京飞南宁的飞

　机上动笔，中途停顿

7 月 7 日重拾，

7 月 13 日完成，

中午，36 摄氏度，烈日下暴走半小时，

　未开空调

同日写成短诗《观剧随记》

7 月 16 日第一次增删

7 月 25 日改成，其间经历北京三天三夜

　暴雨

同日写成短诗《从深渊爬上》

次日写成短诗《瘢痕》

8 月 1 日小改，算定稿

第 二 辑

武 汉

（ 2 0 0 4 — 2 0 1 4 ）

致 武 汉

我把眼泪

    眼泪里的盐献给你

我献给你的

还有我枯萎的头发

    像草一样

还有我的指甲

我全身的骨头

    在黄昏

    吱呀作响

    发出暗哑的声音

我的春天已经远去

我的树林已经埋葬

我的身体

在纸上

已沉睡百年
110
↓
111

我不能给你花朵和果实

　　珍珠和美酒

甚至米饭

甚至水

我只有彻夜的眼泪

　　纯白的骨头

只有全身上下的毛病

犹如沙粒布满河床

我把毛病献给你

你却给了我长江

2004 年 6 月 16 日

在 木 兰 湖 收 割 油 菜

自从来到湖北

我就跟你走遍木兰乡

你碧绿的身躯

头顶着金色的花瓣

在我前世金黄的梦中

你是我的爱人

明亮的光芒

细小的耳语

你早就潜伏在

2004 年的春天

以及，2005 年的春天

以及，今后的无数个春天

木兰湖，

金色的花瓣落尽

夏天即将到来

你的光芒收敛

藏进无数个豆荚

成为小小的心

在湖边

随风飘荡

收割时节我就来了

你在湖边等我

在豆荚里　在秘密中

而我是多么幸运

被大地选中

成为一名收割者

在 2005 年，在木兰乡

2005 年 7 月 28 日

112
↓
113

回 忆 2 0 0 4 年

在 武 汉 过 冬

武汉比较冷

东湖比较空旷

湖边练唱的人

歌声比较萧索

借修文的电脑

过长江上课

大风降温

缩着头去超市

购买手套和玉米

在雨中散步

接远处短信

终于考试

惊魂未定

复又答辩

好歹过关

吃饭，请大家喝藏秘干红

还喝茶，在一个酒吧

然后

登上北去回家的火车

2005 年 8 月 22 日

尽 最 大 的 力 气
生 活 在 武 汉

我将坚持着

守着这里的酷暑和严寒

在夏天

我将不看天气预报

在冬天也不看

我将忘记长江二桥

只记住东湖

以及东湖的荷花

我将忘记

汉正街、吉庆街

中北路、徐东路

只记住

鸟语林对面的门口

那里面

有树木和饭堂

我将坚持着

尽最大的力气生活在这里

因为世界并没有给我故乡

只给了我武汉

2005 年 10 月 4 日

经 过 夏 天

——致 武 汉 友 人

在京郊东三环

我们去寻找一位高人

高人说：

夏天属火

骨属金

只有经过夏天

你的腿才能长好

骨头粉碎

在火中

重新锻造

经过夏天

你就可以去远方了

再生的腿，

重新弯曲自如

远处的草原

会再次看到你

那些深处的花

水边的羊群

将奔走相告

为你的归来

热泪盈眶

而一匹马

会飞奔而来

向着你

垂下它的睫毛

那我们就耐心等着吧

在每天的火中

双手合十

面含微笑

2005 年 6 月 25 日

乡 村 修 女

她坐在矮竹椅上

粉红的 T 恤

运动头

胡修女

她的名字叫加拉

如果有人爱上你怎么办?

有人问

胡修女微笑着

她已发过终身圣愿

为什么会邂逅花梨岭

这鄂西山中的修道院

奉献给主的岁月

如同有人将自己献给武汉

我们是世界的两粒珍珠

丢失在不同的角落

在通往彼岸的路上

遥遥相望

2004 年 8 月 27 日

三　个　人

——赠 三 位 朋 友

三个人

是三场雨水

跟第一场雨水谈诗

跟第二场雨水拥抱

跟第三场雨水谈某某

湖水之上

有着我们

在落花的深处

在流水的耳旁

从晚上八点到凌晨三点

加上第二天早上的一小时

三个人加上一个人

一共是四个

有一个在云南大理

等待恋人的到来

2004 年 9 月 17 日东湖

在 远 处

我在武昌拿出香烟

你替我点火

在千里之外

隔着九年

你说花忆前身

我说梦想来世

你说放荡岁月

我说逍遥此生

1975 年你多大？

八周岁　你回答

无边的寂静伴随雨水

降落在武昌

一星火进入了体内

需要多少场雨水才能浇灭

一粒盐溶进了血里

已永无澄清之日

隔着两个省份

我愿意与你相对而眠

你当我右边的空虚

我做你左边的阴影

2004 年 12 月

幸 存 的 嘴 唇

东湖旁的两棵树

126
↓
127

成了她的双亲

一棵水杉一棵法桐

它们的眼睛含着泪

青梅竹马的人

是对岸的石头

他低头抽烟

默默无语

向着长江

她抱着来世

抱着来世的时候

她是湖水幸存的嘴唇

2004 年 12 月 10 日　武昌东湖

意　味

手机的号码有四个五

座机的号码有三个五

为什么会有这么多的五？

深圳的黄啸问

是意味着武汉吗？

像一滴水意味着瀑布

一只蚁意味着巢穴

一阵呼吸意味着巨大的轰鸣

2004 年 8 月 29 日作于武昌东湖

2016 年 8 月 18 日改

致 女 友 （ 五 首 ）

致 邸 湘 楣 ——小 说 中 的 人 物

我给你取的名字真响亮

邸湘楣

你从遥远的年月回过头

风驰电掣

从广西到武汉

你在我的书中一页又一页

强悍飒爽，些许暧昧

晦暗的光华

令人难以容忍的锋芒

当然你也并非全然如此

当然你也不真叫邸湘楣

九月份我去了趟美国

你就在洛杉矶啊我知道

但我从未想到要找你

三十年间从无联系就不要再见了

邸湘楣

如同月光在水面

如同沙子在水下

大海的潮汐阵阵来去

邸湘楣

2012 年 12 月 13 日

很好

他走得远远的，很好

如同你走得远远的，很好

不再猜测了

不再幻想了

不再心乱如麻

不再辗转反侧

晴空灿烂

枕头柔软

反是不思

亦已焉哉

传说中的 12 月 21 日就要到来

很好很好

给 L

你穿粉色的裙子

一顶宽檐帽

你陪我到海边的山上

柚加利树落叶斑斓

我们找到了一个共同的话题

"非诚勿扰"

那上面某号女嘉宾令人生厌

某一位，被领走了，

但两人并不般配

你爱上了那个男人

连我都看出来了

有妇之夫啊，你须躲得远远的

你偏要坐在他身边

一副不怕

粉身碎骨的样子

但你又闷闷不乐，皱着眉

忽然你站起来

替他挡酒

有人故意问道

"你是他的什么人？"

你快哭出来了

满脸通红，犹如落入

一个难以自拔的火坑

但我还是要祝福你啊

祝福你

祝福你的执迷不悟

祝福你的奋不顾身

祝福你五味杂陈的三十岁

祝福你将来的四十岁

假如到那时你仍一无所有

起码你拥有这一夜壮烈的记忆

2012 年 11 月 6 日

初雪

雪还在下

是今年第一场

那个人

在昨夜消失之前早已消失

你却在梦中见到他 134
↓
135

你以为早已不把他放在心上

但你双手捧着一只

沙子筑成的钟

钟放到他手上便碎了

在梦中你说：这是只钟

"这是只钟"，醒后你仍然念叨

在昨晚消失之前他早已消失

而雪仍在下

是今年第一场

2012 年 11 月 4 日

给 J

你那么强势

咄咄逼人

有人怕你啊

连我都怕

但如果你骂一个男人

我却感到痛快

你双眸明亮

嘴唇鲜红

声音清脆地越过

酒吧的原木长桌

喝一口酒吧

我要和你碰杯 136
↓
137

如果你不把他们放在眼里

你就会风情万种

2012 年 11 月 4 日

给 老 马 ： 七 十 六 岁

你老了

但关节从来不痛

你从不补钙

不吃维生素

不吃西洋参

你老了

性格更加激烈

你会跳起来

用一根竹竿捅天花板

因为有一个小孩子

在你的头顶跑来跑去

你热爱毛泽东时代

那时候

你年轻，意气风发

时代列车滚滚

带来另一种医疗和教育

另一种牛奶和黄豆

房子同样漏水

却更加难以忍受

时代列车滚滚

从你的心上碾过

你的主义在褪色

你的星辰和日月

和你一起

青春不再

忽然你就扬言

要到五台山出家

我们警告你

五台山没有花生豆可吃

更没有

红烧肉

我们认为你应该快乐

因为你的同龄人

一个个

都走了

骨灰埋在昌平

凤凰山

而你仍健康地活着

除了耳朵

有点聋

不如回老家

140
↓
141

听说乡下的田地都荒了

随便就可以找到一块地

让我们种上白菜萝卜和芝麻

然后晒晒太阳

吹吹风

慢慢等待

收割的日子

2009 年 4 月 10 日

第 三 辑

北 京

(1 9 9 3 — 2 0 0 3)

过 程

一月你还没出现，

二月你睡在隔壁，

三月下起了大雨，

四月里遍地蔷薇，

五月我们对面坐着，

犹如梦中。

就这样六月到了，

六月里青草盛开，

处处芬芳。

七月，悲喜交加，

麦浪翻滚连同草地，

直到天涯。

八月就是八月，

八月我守口如瓶。

八月里我是瓶中的水，

你是青天的云。

九月和十月

是两只眼睛，装满了大海

你在海上

我在海下

十一月尚未到来

透过它的窗口

我望见了十二月

十二月大雪弥漫

1996 年 9 月

对　镜

它如此娇小

包含着寂静

它不是一朵肥大的花

不适合喧闹

也不贮存乳汁

它讨厌自己成为一只水袋子

它微微闪光、暗自发红

在自我赞美之后等待某人赞美

花苞不开是最好的

只赠给一双小心翼翼的手

1997 年 3 月作，2016 年 8 月改

暗　燃

黑色的火焰

马的鬃毛

在草原上飞奔

卷曲而坚硬

从深夜到黎明

挣扎与舞蹈相似

曲线起伏

飞翔短暂

血液向下流动

光芒来自梦中

裸露的花瓣

在湿润中燃烧

1997 年 4 月作，2016 年 8 月改

木　床

当年你是山上的树

月光彻夜照耀

黎明尚未到来

偷伐的斧头高高举起

四季山夜深人静

树汁淌出血浆泪滴

剖开又削直

铁钉嵌入你年轻肌理

新人夜夜翻滚

你夜夜辗转不已

喉咙已被钉死

哀歌早已蛀空

变身为棺材的木板

覆盖陈年棉絮

火光尚未燃起

而你已在烟中消弭

2003 年 4 月作，2016 年 8 月 17 日重写

时为农历中元节。18 日改定

刀　锋

刀是深渊，也是水

以相同的凉意

命悬一线

深渊跳荡

冰冷的脸

闪光

深渊奔跑

阳光灿烂

洪水滔天

2003 年 4 月作，2016 年 8 月 17 日改

大 头 叙 事 诗

大头来自一颗土豆

土豆说

要有一个大头

于是

就有了一个大头

给他油菜花

给他土坷垃

给他火柴盒

给他猪尾巴

给他杀猪刀

给他大南瓜

再给他高跷和翅膀

上天的道路指给他

等他远走高飞去

等他一去永不回

附注：

大头为小说《万物花开》里的主人公

2003 年 4 月

电 的 声 音

电的声音丝丝响

人类听不见

它在西瓜地里

伸出了舌头

跑呀跑呀跑

谁也跑不过电

电舌头比电还快

它咬住了人

电咬人的时候变成了蛇

电的声音丝丝响

人类听不见

2003 年 4 月

生 活 在 楼 群

头顶盘旋噪音

晴朗的天

雷声滚滚

电钻

钻透了肉体和神经

胃从喉咙探出头

牙齿直抽筋

空气飘满了

香蕉气味

但不是，真正的香蕉

它的名字有毒狰狞

是身体的敌人

生活的过程

就是钻透水泥板

不是用电钻

而是用神经

2003 年 3 月

无 定 河

唐朝的白骨

穿上士兵的战袍

旌旗猎猎

西北的腹地

长出江南的水稻

绿意绵绵

2003 年 4 月

榆林，
十年未遇的大雨

榆林的雨

落下桃花水和红石峡

落下鬼和神仙

再加上千军万马

十万面锣鼓敲响

十万匹战马奔跑

水的长矛

披挂金黄的颜色

铁器的光芒闪耀

冰冷灼热，目光妖娆

2003 年 4 月

若 尔 盖

若尔盖和毛尔盖

是一对姐妹

她们辽阔的袖间

当年走过红军

姐妹避世已久

天空长满湿地

白象的群山滚过

黑色的鹤飞来

我们前去

观赏落日

在黄河第一弯

留下瑟瑟发抖的照片

2003 年 4 月

山 东 宁 阳

山东宁阳 160
↓
161

地里长着玉米

绿叶红缨

花枝招展

山东宁阳

山上长着苹果

白色的花朵

蓝天下隐隐约约

我要到宁阳去

在夏天去

夏天玉米熟了

我去收玉米

我将穿上长袖

戴上帽子

以便挡住

太阳和叶子的光芒

我要在秋天到宁阳去

去做一个摘苹果的人

手握苹果

喜气洋洋

想到宁阳我就会高兴

想到宁阳我什么都不想

只有玉米和苹果

宁静安详

从北京到宁阳

要坐十四个小时的汽车

或者先坐火车到济南

或者先坐火车到曲阜 162
↓
163

火车呼啸

汽车奔跑

玉米苹果

宁静安详

1998 年 4 月 26 日中午

挽　歌

在纸张纷飞的地方

秋天的雨滴纷飞

离地三尺的手指

布满泥泞的空地

黑伞高举着

幸存的人

是袅袅青烟

1998 年

冥　神

他的披挂是硬的

隆隆作响

他的脸没有年纪

悄无声息

他这个人

站在每一个人身后

他一出现

就有一个人消失

1998 年

闪　电

一匹黑马叫闪电

一匹白马叫弓箭

黑色的马儿你快来

白色的马儿你快来

我的弓箭在天上

我的闪电在深海

漆黑的夜里我骑黑马

明亮的白天我骑白马

有一匹黑马叫闪电

有一匹白马叫弓箭

1998 年 4 月

哈 达

站在高原雪山

女人朝向东方

左手抱着孩子

右手抱着青稞

河里一朵莲花

莲花上站着妈妈

左手抱着白羊

右手牵着红马

2000 年 12 月,《枕黄记》结尾诗

有 关 盐

有关盐，可以去问张锐锋，

有关情歌，一定要问张石山，

有关帐篷，最好问央珍和龙冬，

有关新疆，去问红柯吧，或者邱华栋。

有关人民，去问聂鲁达，

有关延安，去问清凉山，

有关米脂，去问貂蝉，

有关壶口，去问中市村村民张继善。

有关黄河问青海，

有关步行问骆驼。

有关切·格瓦拉，可以去问张广天。

有关濮阳，问陈鱼，

有关日月山，问肖黛，

有关枕黄，问林白。

2000 年 12 月

第 四 辑

南 宁

(1 9 8 3 — 1 9 8 7)

海 盗

在风暴的祝福中

你去敲响天宇

于是便有了浮动的岛

和永不放沉的铁锚

黎明般奋飞的鸥群

在静穆中注视着

你升起帆

升起风和你庄严的笑

然后洒一瓶烈性酒

把宁静的海岸珍藏在波涛的眼眸

你去敲响天宇

在祝福着的风暴中 172
↓
173

风来掠夺

夜来侵扰

浪涛又来剥蚀你的骨架

并且送来一具

　　先驱者的尸体

而你无谓的船

已经有些跌跌撞撞

未知的去路

星星般在远方眨着蛊惑的眼

你将完成一个传奇

还是变成一个虚无

泡沫把它的语言逼近你

　　　　　逼近你

那么白

那么耀眼

天宇的电光是你点燃的

苍穹的涕泪是你挥洒的

　　　你点燃电光

　　　照彻自己

　　　你挥洒涕泪

祭祀你那永远放弃的归路

海盗

你已盗得风的剽悍

海的凛冽

1983 年

山 之 阿 　 水 之 湄

（ 组 诗 ）

走 进 你 赭 红 色 的 吟 哦

走进你赭红色的吟哦

想起祭神祭牛祭青蛙

祭得雷声云声

自天边响入青铜鼓

睡成云雷纹

　　啊，山上是谁在唱

　　啊，山下是谁在唱

　　骑上矮种马

　　赶歌圩

走进你赭红色的吟哦

盘歌排歌嘹歌

在你腰间翩然如零陵草

唱远了火塘

唱近了星星

唱成南方的黄月亮

　　达努，达努

　　啊，不要忘记，不要忘记

　　到了夜晚

　　去踩月亮

你的吟哦无伴奏

就那样赭红在我的血液里

就那样黛绿在我的头发里

一唱唱了一百年

一唱唱了一千年

那个拉马骨胡的后生至今没有老

没有老在山上

没有老在水边

唱歌呀

唱歌呀

骑上单车像骑两枚月亮的姑娘唱歌呀

骑上太阳像骑九辆摩托的后生唱歌呀

樵 歌

山皂角野芝麻猎猎风响的记忆

咿咿呀呀哦哦

从石头缝挤出

就是那只白肚子鸟

那片黑白相间的羽毛

　　先民的翅膀

是樵歌

是谁

曾经站在那里

年年缭绕不散年年年年

一片风一片雨

就是那样呼应

就是那样

甜甜的稔子红红的太阳

缠在头上的布巾

敢喝烧酒的女子

折被歌锡茶壶火塘的喧嚷羽人的

　　　梦境

黑水河红水河

全是樵歌变的

咿咿呀呀哦哦 178
↓
179

流转，渗透

如同生命

如同爱

渴望飞

有一群人，还有一群人

木头做不成翅膀

歌却柔软而顽强

林 妖

没有鞋子穿没有衣裳穿

林妖

你也不嫉妒谁

只有山歌

只有满山满河你的击掌声

由于美丽

便绿绿地睡成山峦

绿绿地站成森林

林妖

你好自在

扎一只木筏

从山林到山林

摘一张木叶吹成歌

跳着你的赤足舞

七月十四

夏日河边

漂了几双鞋子

小木屐

浅蓝，浅黄

漆了花上了桐油钉了一条红胶带

那几双小木屐

在夏日的河边

七月十四是鬼节

圭江河里的水就绿绿的

绿绿的像水晶宫

绿绿的像王母娘娘的大翡翠

芭蕉叶也掉在水里了

龙眼叶也掉在水里了

河水就绿绿的眨着眼睛

眨着眼睛孩子们很高兴

木屐便没有人穿了

漂在夏日的河面

　　　孩子们呢

　　　河里的水妖呢

夏日的河面

绿得静静静静的

小螺串竹哨子铁弹弓木陀螺

被吸走了

　　　被水吸走　　在

七月十四的河边

只有妈妈们的哭声

很细很细

像岸上的柚加利花

米黄米黄

飘落河面漂得很远

老人们妈妈们孩子们

都说

七月十四

不能下河

不能游泳

1985 年

出 门 在 外

同坐一车

同居一室

大家小心翼翼

彼此客气

你有时进来

有时出去

你进来时我装模作样看书

你出去时我盯着天花板发呆

就那么几句话

说了又说

就那么一张报纸

看了又看

1986 年冬

我 要 你 为 人 所 知

（ 组 诗 ）

A． 四月十八日上午

184
↓
185

置身其中

略显轻盈　略显沉重

这一瞬间如此苍白

窗帘低垂

剩下声音

鲜红地掠过

你以酒精的芬芳

在我体内阵阵烧灼

在黑夜与白昼的缝隙

滑动过金属的回声

你，你在缓缓漂移的

白墙中

骤然变冷

洁净柔软的内衣

凝固的汗渍

流动的液体

一切都为你灿烂

　　　为你苍凉

等着走过去

看见窗前

遥远的红罂粟

在那个上午

那个上午

儿子（或女儿），你

1986 年

B．我要你为人所知

我便当我自己的孩子

我同时是我自己的母亲

我臆造你

要你返回

我跟所有的人说你

要你为人所知

你应有火焰似的黑发

在四月的季节里

在我的胸前盛开

我年轻的身子

会为你鼓起最最优美的曲线

在注满初夏的液汁中

你的嫩绿你的鹅黄

一千次地芬芳

睁开另一双眼睛

看见满河皆红

此刻你以那满河皆红的河水

沐浴我的全身　自踵到顶

有一声高亢热烈的啼叫

将你辉煌地照耀

孩子

但是夏日已过

道路空旷

檐下的雨滴门前的车轮

一遍遍

走过十五天

1986 年

C. 阳台

阳台上阳光充盈

空白得令人生疑

有什么在变化

街上成双成对

看见黑发流淌

看见美目流盼

看见高粱红了

看见四壁生辉

阳台上晾着一条鲜黄的围裙

像旗帜独树

想起一部日本影片

点点滴滴

到黄昏

夜里看见一张男性脸孔

熟悉得变形

另有一张

鲜嫩欲滴双眸明亮

一如我橄榄色的皮肤

在我幼年的枝叶上

神奇地张开

紧紧相偎

1986 年

D． 诞生或终结

一千次诞生

一千次终结

有谁已经老去

有谁尚未出生

谁在我的掌心

美丽地站起

谁在我的身上

宁静地躺下

谁与我同在

谁与我背离

一千次诞生

一千次终结

层层根须

年年月月

太阳　苍翠地照耀

进入我的心

美　不　胜　收

1987 年

附

录

返 回 之 诗
——读 林 白 诗 集 《 过 程 》

一 行

林白的诗发生于"返回"的时刻。这是从小说向诗歌的返回,从星空向日常生活的返回,从当下向记忆深处的返回。这些诗所具有的"往回走"的姿态,使得诗人的语词像逆流而上的鱼苗,越过一层又一层阻碍,在"穿越血液、骨骼和皮肤"时,辨认着自身经验的起源和出生地。众所周知,林白的写作从《枕黄记》(2000 年)开始,经历了一个从幽秘晦暗的私人体验出离、走向更为广阔的生活世界的转型。我们看到,《过程》这部诗集中的大多数诗作都写于这一转型之后。她的诗由此与多数女性诗人区别开来:它们并非沉迷于女性私人空间的情感絮语,而是倾注于对具有宽广振幅的日常具体场景的关切。语言并不精致光滑，却能直击诗歌的核心：经验、处境与记忆，以及在其中浮现出的事物、身体与词的气息。

一、"两种写作"

"诗歌高悬在小说的头顶"——当林白如是说时，似乎是赋予了诗歌以更高的位置。按照一般的说法，小说的位置是在尘世生活之中，那么，高悬在"小说头顶"的诗歌莫非是"星空"或高于尘世的"光芒"？并非如此。在林白看来，小说与诗的区分并不在于其中一个陷于晦暗的尘世，另一个则领受着更高的光芒，因为诗也同样可以从日常生活的角落中发生："诗歌的神是既隐藏在星空，同时也在垃圾里，街道、灰尘、草、尸体、秋天、啤酒、油条、大葱、拖鞋、马桶，以及劣迹斑斑的墙角。"那么，诗与小说的区别究竟在哪里？在林白所进行的这两种写作之间，存在着怎样的关系？在这一问题上，普遍性的理论分析必须首先让位于个体写作者的切身感受。对于不同的作者来说，对这一问题的回答可能是非常不同的。哈代的理解肯定完全有别于阿特伍德，林白的感受也可能与海男差异很大。

对于上述这些兼具小说与诗歌才能的作者，诗和小说的关系总是与他们各自的写作处境和写作理念相连，并不能获得一个统一的概括和界定。而林白，在其写作中对这一问题也有着清晰而独特的自觉，在《两种写作——关于小说与诗歌》一诗中，林白这样写道：

嗡的一声

一个句号发出沉闷的回响

终于解脱了

满身的绳索

拖拽了一年以上

一粒种子忽然生出羽翼

一个喉咙莫名开启

一个女人在炎夏中闪身

新的悬崖来到脚底

那些分行的句子

红瓦般叠起

一簇火焰，一道涟漪

一句又一句

最后一个字落下

不需要句号

叮的一声

身体腾空而起

铁树开花的瞬间

渐渐充满

　　在"嗡的一声"和"叮的一声"、"一个句号"
和"不需要句号"之间，小说和诗的区分形诸笔端。"满
身的绳索"意味着小说写作是一种沉重的劳作，如同
拉船般艰苦、漫长，因而在完成后有一种解脱感；"身
体腾空而起"则暗示着诗歌的轻盈与喜悦，"红瓦""火
焰""涟漪"和"开花"这四个意象，都指向这种正
在满盈、上升和漫开的状态。诗歌，作为"新的悬崖"
来到"女人－小说家"的脚底，似乎是在小说完成之
后突然到来的（"忽然"和"莫名"这两个副词都突

显了这种瞬间性）。这样看来，对林白而言，诗歌是从小说写作的剩余空间中不可预知地发生的，如同在大地上劳作之后升起的歌声。在这首诗后附的"随感"中，林白说："写完一部小说，首先是解脱感，然后是空虚；写完一首诗，首先是喜悦，然后渐渐充满。"这里的"空虚"与"充满"都发生于一个水库般的感受空间中，小说的完成犹如对此前长期积蓄的释放，而诗歌的完成则好像是重新接通了与源头相连的管道，将经验的水流又引回到我们自身之中。

在其他一些诗作中，林白从不同的维度上展示着小说写作与诗歌写作之间的多重关联。《把她们的名字排列在一起》一诗是林白所列出的诗人名单，其中有我们熟知的那些伟大的女诗人（阿赫玛托娃、毕肖普、茨维塔耶娃、"半个"狄金森、索德格朗和辛波斯卡）。然而，这并不意味着林白的诗歌理念主要是从这些诗人那里传递过来——在某种程度上，林白可能更接近于波拉尼奥，对于这位智利小说家和诗人，林白喜欢他的"不节制"和"泥沙俱下"的气质（《波拉尼奥》）。这种与长期的小说写作有深刻关联的气质，是波拉尼奥与大多数信奉"诗歌纯粹性"的诗人的区别所在，也很可能是林白只喜欢"半个"狄金森的原因。当林白说波拉尼奥是一位"越过智利的大河"的"游荡者"时，我们应该能想到写下《枕黄记》的林白本人就是一位曾漫游于"中国的大河"的游荡者。游荡或游历，不仅发生于世界之中，也发生于诗与小说之间。林白的不少诗作是写给小说中的人物的（如《致邸湘楣》《大头叙事诗》），或者是作为小说的结尾（《哈达》）。这可以看成是用诗来补充小说。另一方面，林白也常以小说的笔法来写诗——这主要体现于诗歌叙事中对场景、动作、人物状态的描述方式，以及从中显露出的经验的宽阔性。像《美发师》《一个陌生人》《有的人死了没什么可惜的》这样的诗作，仿佛一些短篇小说的雏形。小说笔法渗入诗中的最典型的例证当然是《往回走》这首长诗，其中包含的经验跨度和容量，很好地诠释了林白所说的"不节制"和"泥沙俱下"。不过，我们更应将《往回走》的写作方式理解为小说气质与诗的精神相互交汇的产物，在对经验细节的追忆和叙述之后，总是会升起一缕若有若无的、从时间深处到来的歌声：

晚上梁晓阳送来《北流县志》

1949年11月28日晚

四十三军一二九师三八五团解放北流

次日凌晨

国民党民航客机一架

因故障降落于隆盛圭江饭桶河段

机上五人生还

女人她敲呀敲

时而三岁时而十九岁

她敲呀敲，父亲的亡灵蓦然回首

母亲在阳台种下了东风菜

在这里，历史叙述的事实如同河中冰凉而确凿的石头，它使得诗趋近于小说的冷静语调。但紧接着的一段副歌，却召唤出了记忆的幽灵：女人在电脑键盘上的敲击，变成了歌唱时的节拍；她的形象是飘忽和不确定的，成了好几段时间的重叠；而在这种敲击、歌唱的节奏中，父亲的亡灵和母亲转头向"我"注视，那目光穿透了时间，凝成了"我"指尖下浮现的字词。

在电脑上写诗的当下，与往昔的历史与记忆，由此而形成一种伴奏的关系。然而吊诡的是，究竟是当下为记忆伴奏、歌唱为历史叙述伴奏，抑或是历史记忆为当下伴奏，亡灵的注视为写作伴奏？

这样看来，林白的诗，并不只是从"星空"降临的光芒和闪电，也不只是从树林上空飘落的白色花瓣，而是从生活内部和时间深渊中到来的某种经验的潜流。如果说林白将小说家的身份定位于"劳作者"，那么，她对诗人身份的定位则是"等待者"："我陷入小说已经太久，回到诗歌的道路越来越漫长。但我将重新成为一名等待者，在深夜里，寂静中，等到陌生的诗行，笨拙地浮出。"从小说返回诗歌，意味着返回到对世界的陌生感和生命的原初惊异之中（《昨夜，我梦见一条大河》："沿着透明的树干／沉入树底／下沉至零岁"），意味着在劳作后的空虚中，重新成为一名等待者——等待"一粒种子忽然生出羽翼／一个喉咙莫名开启"，等待记忆和词，从时间中浮现。

二、日常生活的颂歌

现代诗将自身扎根于经验。而一切经验之中，最容易被诗歌忽视、也最需要诗歌进入和处理的，是日常经验。在这一意义上，现代诗的基本要求，是诗人的目光从"星空"返回尘世生活。对于当代从事诗歌写作的专业诗人们来说，这已经是共识和常识。然而，对于并非将主要精力投入诗歌之中的写作者而言，其诗作往往没有经历过这种返回，或者虽然有关切日常的愿望，却缺少处理日常经验的语言能力。在林白的诗集中，我们看到她很好地完成了这种返回——从2004年以前较为传统的抒情和歌唱，转换为2004年以后着力于具体场景的叙事和描述。从语言角度来说，尽管她的诗作在修辞上并不密集和精致，但却具备语言上的切实、可信和有效性。这使得她能够处理日常生活中那些细小、琐屑的场景和事件，她的诗作，由此可以称为"日常生活的颂歌"。

诗歌对经验的处理是否具有可信度，首先取决于其是否能呈现出一种切身的处境感。对于林白而言，她的诗歌始终锚定于她所经历的那些基本生命处境——母女关系，身体的年龄与病痛，与友人的交往，人与其所在的地方或城市之间的关联。此外，像日常生活中那些琐碎的事务、观察、遭遇、风景，也都是她的诗歌主题。在处理这些处境和场景时，林白的语言具有一种忠实的品质。在《从深渊爬上》中，她忠实于自身知觉中的色彩层次和事物关系："五层云都是安静的／最多像经幡飘动／望见月亮的时候它已经变得很小／你全然看不见它升起的过程"。而在《其实》中，她忠实于自己对母亲当年再婚的感受，这一感受中混杂着曾经的不满、失落，和现在的理解却仍然无法忘却："母亲，我早已不怨恨你／但我多么希望，此事从未发生"。忠实的语言是诗歌切身性和处境感的必要条件。当林白这样写作时，她的诗看上去并不那么巧妙和精致，但却有一种特别可信的力量，它们在与我们自身生命的关联中稳稳地立住了。

对林白来说，身体是诗歌的主要母题之一，也是对日常生活进行观照的主要切入点之一。不难看到，她的诗歌具有一种强烈的身体感，但与流行意义上的"身体写作"完全区分开来。后者通常是对"力比多"的宣泄，在欲望书写的快感中炫耀着自身的青春、性感和叛逆，或者沉溺于一种私人体验的幽暗漩涡之中。从处境感的角度来说，这种"身体写作"只能切中少数女性生命中非常短暂的一段时期，无法成为一种基本处境的揭示者。而林白诗中的身体书写却显得与每一位女性都有关系，尽管其写法是完全个体的。这些诗作涉及身体的年龄和病痛：全身麻醉、衰老、掉牙、瘢痕、人工流产……在一些诗中，林白力图展示她在面对这些处境时的坦然和平静。例如，《瘢痕》的结尾："既然已经活到了这个世纪／亲爱的／我随时准备撩起上衣／露出锈迹斑斑的自己"；《蓝天白云，掉牙一颗》将"掉牙"形容为"瓜熟蒂落，水到渠成"："我终于活到了老掉牙的年龄／比我的父亲活得久长／他死于 1961 年／时年 36 岁"。而在另一些诗中，她则更多地集中于对身体痛感和虚无感的呈现，《全身麻醉》和《人工流产》这两首书写医疗场景的诗读来让人震悚。语言似乎在其中发生着痉挛，每个词都像在经历手术一样混合着肉体的痛苦：

　　她体内的性，或者叫爱情
　　那颗肉乎乎的樱桃

曾经天使般降临

现在它被一通猛啄

那时候没有麻醉

只有火山

以及刀法精妙的熔浆滚滚

以及永无尽头的猩红灰烬

肿涨的花朵

破碎的瓶

月亮如沥青般

渐渐涂黑

在这里，不是欲望，而是欲望的业果成为身体性
的主要特征。"花朵""花瓶"和"月亮"这三个本
来美丽的词，被痛苦的"沥青"涂黑，在它们对"性"
（子宫）或"爱情"的指代中被强行剥离出一个死婴
般的意义。欲望的火焰，被痛苦的"熔浆"和"永无
尽头的猩红灰烬"所取代。在这样一种冷静甚至冷酷
的书写中，林白对身体的呈现获得了一种惊人的强度。

林白喜欢书写的另一个日常主题是食物和烹饪场景，这或许也是女性位置带来的基本处境之一。《和朋友去北流南部》中，那个女人"掌大勺"的烹饪场景使整首诗弥漫着一股烟火味和肉香；而在《昨夜切生姜，兼致北京》中，腌制生姜的过程和味道，映射着她在北京生活的长久年月中所体会的诸种滋味。我们还可以看到食物的精神化：这不仅是像《把她们的名字排列在一起》中那样，将女诗人们的作品当成日常的精神食粮，当成"在锅里翻滚"或在"小小的石臼里"发出"哚哚的声音"的莲子和百合；更重要的是，烹饪食物的过程，与写诗的过程之间有一种密切的相似性。在《一份牛肉》中，林白执意要让"一份牛肉"变成一首"诗"，这有赖于时间的介入：

空白处可能是

虚度的岁月

还来得及

装点上最后的颜色

金黄色橘皮

绿色苋叶

紫色纹路丝丝缕缕

沾一点黑蜂蜜

让沉入虚无的时间

暂时变甜

橘皮尚可经年

茋叶只堪一夜

橘皮和蜂蜜，这两种调料之所以能够增加味道，皆因时间的力量。对于诗歌写作来说，那些"虚度的岁月"从来没有虚度过，它们作为诗歌中的空白增加了诗的沉默；而沉入虚无的时间，也会像蜂蜜一样使诗歌变"甜"，因为词语在其中经过了长久的酿造。林白在写下这些诗句时的感受力，是一个经历了时间锤打、烘烤的诗歌烹饪术的掌勺者才能具备的感受力，她深谙火候和分寸。食物由此不仅存在于日常生活场景之中，也在隐喻的层面上成了日常生活向诗的转化的见证。

林白对日常经验的忠实，还体现于她的诗与自身居住的城市之间的关系中。她的诗很少是没有地方限定的、对一个乌有的"远方"的想象，而在大多数时候都有具体的地点位置作为参照。较早的南宁时期的诗作虽然没有特别强调写作与地方的关联，但其中的民歌气息显然与广西的民族特征有关；而到后来的武汉和北京时期，她非常自觉地将诗与城市、与游历之地联系在一起。在《致武汉》（2004年）的结尾，她写道：

　　我只有彻夜的眼泪

　　　纯白的骨头

　　只有全身上下的毛病

　　犹如沙粒布满河床

　　我把毛病献给你

　　你却给了我长江

　　这首诗其实是一首抒情性的颂诗。从写法上说，这首诗的具体性是不充分的，其中的主要意象都缺少日常生活细节的支撑。然而，从2005年开始，林白的诗作就都被观察和具体场景充实起来。她的诗开始标记写作地点，或者在诗中围绕着一个地方展开。《在木兰湖收割油菜》如此，《路过新保利》如此，《和朋友去北流南部》亦如此。在《昨夜切生姜，兼致北京》（2016）中，这种地方性已经不再停留于诗的地理层面，而是作为一种更醇厚的光泽和味道内敛于事物所蕴藏的生活习性之中：

经过一夜

不，同时也是二十六年

它变成赭黄

吸纳了岁月的酸

辣退到深处

诗歌的地理学由此转换为诗歌的个体历史学。所有诗歌中的地方，都携带着诗人生命过程的历史性。在人与城市之间，城市不只是对人的一种空间方位上的限定，也是塑造着人的生活方式的根本力量。林白的诗，作为日常生活的颂歌，并没有仅限于一种日常抒情，也没停留于对日常经验细节的叙述。在一个更深的层面上说，它们是通过语词进行的对一个人在地理和历史中的游荡和经历的穿越。就像是一只白狐从树林中穿过，她看到水从林泉中消失，看到白雪从树林上空飘落，看到白天在森林中开始发亮，看到在一枕黄粱中幻化而出的林木之白，还看到了一个词是如何在森林与白纸之间徘徊，并被风吹到"旷野和字的笔画之间"。

三、气息，或风的位置

　　林白是一位迷恋气息的诗人。或许，在她看来，使一首诗成为诗的，正是气息。这是事物的气息、身体的气息，也是词的气息。气息决定了诗的声调、节奏和转换方式，也决定了诗从何处开始、在哪里终结。我们看到，林白的诗从早期到现在，其气息经过了一个从"歌唱"到"谈话"的转换，歌唱并没有完全消失，而是隐藏到了谈话和叙述之中。在《以息相吹——致友人》中，林白写道：

　　风吹到句子之间

　　越吹越近

同时越吹越辽远

风吹词语

如果我们将气息理解为一首诗中吹拂的"风"的话，我们可以问：这"风"究竟是如何在诗中吹动的？这里的"近"和"远"意味着什么？诗中的词语，是如何从"旷野"被吹到纸上的？

气息产生词语。而词语，首先是从事物的气息中起源的。诗歌要收集所有事物和事物的气味，不只是美丽事物的气味，也包含那些丑陋、庸常之物的气味。因此，诗歌应该类似于张曙光所说的"垃圾箱"，能够"包容下我们时代全部的生命"，或者像林白所言，能够以某种方式包含"街道、灰尘、草、尸体、秋天、啤酒、油条、大葱、拖鞋、马桶，以及劣迹斑斑的墙角"。从这一方面来看，"远"乃是远方之远，是旷野中的理想之物，而现代诗歌是要向生活的近处吹拂，从我们身边的事物中汲取其丰富、真实和活力。如果"风"以这样的方式吹，那么它带来的就是"黄瓜"和"洗衣粉"的气味。我们看到，林白的诗歌写作确实有一个从"远方之物"吹到"生活的近处"的过程。

不过，词语还有第二种起源，它也从身体的气息中到来。对身体来说，"近"是我们的皮肤、血肉、骨骼和内脏，而"远"则是离身体越来越遥远的天地和大海。按照中国古典的说法，我们的身体是由自然中的"元气"聚集而成，肉身并非孤立地存在，而是一直存在于与天地自然的交流和吐纳关系中，并被这种交流所塑造。这样看来，执着于近处、执着于身体的内在性是不够的，我们还需要感受气息与远、与天地万物之间的关联。对于这一点，道家的修真养生之道领悟甚深。林白有一首《气息》，看上去像是对道家冥想修行的描述：

气息——

那些深海的鱼苗

从高处到低处

又从低处到高处

小心地把它捂紧

在肚脐下三指

丹田处

它要逃跑，四处奔逸

上至头顶

下至踵

鸟群啾啾鸣叫

穿越血液、骨骼和皮肤

午夜

透过一只方形孔洞

漫天星辰

洋流般汹涌而来

清凉地垂挂

从胸腔到腹腔

相认之后它们

重新回到深海

越过丹田

到达脚底凹陷处

　　然而，林白的诗中还有第三种气息或风，第三种"近
与远"的关系。这是从"他人"那里到来的风：在任
何一种伦理关系中，"我"是近处，而"你"或"他"

则是远处。当我们思念友人或亲人时，我们就能感到一阵风在近与远之间吹拂。《以息相吹》从根本上说是友爱的言辞，正如《往回走》乃是记忆与思念亲人的言辞。词的最深刻的起源，超越于事物和身体，是与他人之间的伦理关系。在这里，风是从记忆深处吹来。当林白说"风吹到旷野和字的笔画之间"时，她所说的"旷野"并不是理想中的远方，也不是身体的呼吸吐纳所要与之联结的天地，而是在记忆这一空阔旷野中的友人，或亲人。风似乎是从他们的面孔那里开始吹拂，穿越时间和空间的距离，来到我们的诗中，形成了字的笔画：

一个女人抱着时间的电脑

她在青苔上敲呀敲

青苔滑腻潮湿

她的手指冰凉

风掠过青苔，将诗人的手指吹得冰凉。而诗人是在"时间的电脑"、时间的河流和空无之上开始写作。诗人总是在返回之中。对林白来说，这返回并不只是一般所谓的"返乡"，甚至也不只是从小说返回到诗歌、从"星空"返回到日常生活、从词语返回到事物和身体。真正的返回，是从当下返回到记忆深处，从"我"返回到他人。我们在林白的诗中看到了这一返回的"过程"，它是一条若隐若现的道路，穿行于白茫茫的记忆旷野，将所有的词都牢牢楔入到那构成了个体生命的历史、地理和伦理关系间。

二〇一六年十二月于昆明

一行，原名王凌云，现为云南大学哲学系副教授，主要研究方向为西方思想史、现象学、政治哲学和诗学。已出版诗学著作《论诗教》和《词的伦理》，译著有汉娜·阿伦特《黑暗时代的人们》等，并曾在《世界哲学》《新诗评论》《作家》《大家》《天涯》《新诗品》等期刊发表哲学、诗学论文和诗歌若干。